ROGÉRIO ANDRADE BARBOSA

Ilustrações

GERSON CONFORTI

A carta do pirata francês

Selecionado para o PNLD/SP 2002

COLEÇÃO JABUTI AVENTURA

3ª edição

6ª tiragem

2023

Conforme a nova ortografia

Editora Saraiva

Editora Saraiva

Rua Henrique Schaumann, 270
CEP 05413-909 – Pinheiros – São Paulo-SP
Tel.: PABX (0**11) 3613-3000
Fax: (0**11) 3611-3308
Televendas: (0**11) 3613-3344
Fax Vendas: (0**11) 3611-3268
Atendimento ao Professor: 0800-0117875
Endereço Internet: www.editorasaraiva.com.br
E-mail: atendprof.didatico@editorasaraiva.com.br

Revendedores Autorizados

Aracaju: (0**79) 3211-8266/6981
Bauru: (0**14) 3234-5643
Belém: (0**91) 3222-9034/3224-9038
Belo Horizonte: (0**31) 3429-8300
Brasília: (0**61) 3344-2920/2951
Campinas: (0**19) 3243-8004/8259
Campo Grande: (0**67) 3382-3682
Cuiabá: (0**65) 3632-8898/8897
Curitiba: (0**41) 3332-4894
Florianópolis: (0**48) 3244-2748/3248-6796
Fortaleza: (0**85) 3307-2350
Goiânia: (0**62) 3225-2882/3212-2806
Imperatriz: (0**99) 3072-0409
João Pessoa: (0**83) 3241-7085
Londrina: (0**43) 3322-1777
Macapá: (0**96) 3223-0706
Maceió: (0**82) 3221-0825
Manaus: (0**92) 3633-4227
Natal: (0**84) 3211-0790
Porto Alegre: (0**51) 3371-4001/1467/1567
Porto Velho: (0**69) 3211-5252/5254
Recife: (0**81) 3421-4246
Ribeirão Preto: (0**16) 3610-5843
Rio Branco: (0**68) 3223-8945
Rio de Janeiro: (0**21) 2577-9494
Salvador: (0**71) 3381-5854/5895
Santarém: (0**93) 3523-6016
São José do Rio Preto: (0**17) 3227-3819/0982
São José dos Campos: (0**12) 3921-0732
São Luís: (0**98) 3243-0353
São Paulo: (0**11) 3616-3666
Serra: (0**27) 3204-7474

Editor: ROGÉRIO GASTALDO
Assistentes editoriais: ELAINE CRISTINA DEL NERO
NAIR HITOMI KAYO
Secretária editorial: ROSILAINE REIS DA SILVA
Suplemento de trabalho: SHIRLEY GOMES
Preparação de texto: IVANA ALVES COSTA
Coordenação de revisão: LIVIA MARIA GIORGIO
Gerência de arte: NAIR DE MEDEIROS BARBOSA
Supervisão de arte: VAGNER CASTRO DOS SANTOS
Assistente de arte: MAURO MOREIRA
Diagramação e finalização: MARCOS ZOLEZI

Dados Internacionais de Catalogação na Publicação (CIP)
(Câmara Brasileira do Livro, SP, Brasil)

Barbosa, Rogério Andrade
A carta do pirata francês / Rogério Andrade Barbosa ; ilustrações Gerson Conforti. — 3. ed. — São Paulo : Saraiva, 2003. — (Jabuti)

ISBN 978-85-02-03282-8
ISBN 978-85-02-03281-1 (professor)
1. Literatura infantojuvenil I. Conforti, Gerson. II. Título. III. Série.

00-3229 CDD-028.5

Índices para catálogo sistemático:

1. Literatura infantojuvenil 028.5
2. Literatura juvenil 028.5

SUMÁRIO

307
POLICIA

OS TESOUROS DO RIO

I

Meu avô é um rato de sebos. Mas não é nada do que vocês estão pensando. Quando conto isso pros colegas na escola, pensam logo num desses velhinhos enfiados em roupas ensebadas. Que nada, ele é super-elegante! Só anda de terno de linho branco e chapéu Panamá, à moda antiga. Detalhe: apesar da idade avançada, tem uma memória prodigiosa.

Aposentado, seu maior prazer é frequentar as livrarias do centro do Rio, especializadas em livros usados — os sebos.

Hoje tive de acompanhá-lo numa incursão literária aos arredores da Praça Tiradentes. Confesso que não é um programa legal para um garoto de 12 anos. Mas como vovô *já está mais pra lá do que pra cá*, minha mãe fez questão de que eu o escoltasse, de acordo com as palavras dela, através das perigosas ruas da cidade. Coisas que um neto temporão tem de aguentar.

Mal saímos do metrô, fiquei impressionado com a agitação e o burburinho no Largo da Carioca. Logo de cara, fomos recepcionados pelos acordes de um saxofonista barbudo, sentado num tamborete do lado de fora da estação. Parecia que eu estava num circo ao ar livre. Tinha de tudo: mágicos, mímicos, malabaristas, acrobatas, engolidores de fogo, tiradores de sorte, músicos e cantores, tendo como pano de fundo as muralhas do Convento de Santo Antônio.

— Isso é que é teatro popular! — exaltou-se vovô. — Diversão e arte, de graça, ao alcance do povo.

O público, ultravariado — balconistas, aposentados, *office boys*, donas de casa, estudantes, executivos engravatados, meninos de rua e desempregados —, formava rodinhas em torno dos artistas preferidos.

Um negro atarracado, carapinha grisalha, barrigudo e de braços musculosos, atraía a atenção dos passantes, soltando labaredas pelas ventas feito um dragão de ébano. Depois desafiava alguém da plateia para que o prendesse, bem apertado, com cordas grossas, desamarrando-se logo a seguir, numa agilidade impressionante, para espanto geral.

Mais adiante, lutadores de artes marciais, vestidos de ninjas, davam saltos mortais, enquanto um deles prometia, em altos brados, que em breve se lançaria de cabeça através de um aro metálico em chamas e cheio de facas pontiagudas.

Noutro canto, um deficiente físico, dono de um vozeirão, fazia grande sucesso, cantando baladas românticas, sentado no chão ao lado de um monte de CDs com gravações suas, a preços populares.

O que eu mais gostei foi da apresentação de duas senhoras, repentistas nordestinas, batendo pandeiro e improvisando versos engraçados e maliciosos, pra delírio dos espectadores.

— Eu prefiro aqueles ali — disse vovô, encaminhando-se para um grupo de rapazes com feições orientais que tocava instrumentos que eu nunca tinha visto.

— Eles são índios? — perguntei, encantado com a música suave entoada pelo conjunto.

— Devem ser peruanos ou bolivianos — explicou, enquanto um dos integrantes do grupo se aproximava com um chapéu na mão para recolher uns trocados do público.

Foi uma debandada geral. Muitas das pessoas, no mesmo instante, começaram a se afastar pra evitar a cobrança.

— Tá na hora de ir embora! — brincou vovô, tirando uma moeda do bolso.

— Estamos longe da livraria? — perguntei, tão logo ele marchou na minha frente, abrindo espaço na multidão.

— Não. Vamos andando pela Carioca. Assim você conhece um pouco da sua história. A rua existe desde 1600 e tanto, quando não passava de um mero caminho de terra batida. A partir daí já teve outros nomes, como rua do Egito, por causa de um

oratório que retratava a fuga da Família Sagrada para o reino dos faraós. E já foi chamada também de rua do Piolho.

— Piolho? — brinquei, coçando a cabeça.

— Isso mesmo, devido ao apelido de um antigo comerciante. A atual Carioca, tombada pelo Patrimônio Histórico e Cultural, é hoje uma das mais bonitas ruas do Centro. Aqui, felizmente, a arquitetura original do início do século XX foi preservada.

E era verdade. A rua arborizada, ladeada de sobrados com gradis de ferro e fachadas rendilhadas, tinha um charme especial. O comércio intenso: lojas de malas, de instrumentos musicais, de ferragens, sapatarias e padarias formando um ambiente completamente diferente dos sofisticados *shoppings* com os quais eu estava acostumado na Zona Sul.

— Esse é o centenário Bar Luiz — disse vovô, mostrando-me o interior de um restaurante, com mesas cobertas de alvas toalhas, e retratos do Rio antigo espalhados pelas paredes. — Aqui se toma o melhor chope da cidade — explicou, alisando o bigode. — Frequentei-o quando ainda se chamava Bar Adolf.

— Por que trocaram o nome? — perguntei.

— Durante a Segunda Guerra Mundial os estabelecimentos que tinham nomes alemães foram forçados a substituí-los por outros pra escapar dos quebra-quebras promovidos pela população enfurecida com o afundamento de navios brasileiros — ensinou o vovô, me puxando pela manga da camisa.

A próxima parada, na mesma calçada, foi defronte a um Cine-Theatro, tão antigo que o letreiro continuava sendo grafado com th. Ali, cartazes escandalosos anunciavam espetáculos proibidos para menores.

— O Íris é o mais antigo cinema do Rio — sussurrou vovô ao meu ouvido. — Teve seus dias de glória e hoje está jogado às traças, decadente — protestou, lastimando o péssimo estado de conservação da sala de entrada e da escada de corrimãos dourados que lhe traziam tantas recordações. — Perto daqui — continuou —, ficava o Ideal, já demolido. Possuía uma cúpula de vidro que se abria nas noites de verão, de modo que damas e cavalheiros acompanhavam os filmes, romanticamente, sob a luz das estrelas. Naquele tempo, os cariocas tinham de vir ao Centro para se divertir e fazer suas compras, mas isso é uma longa história...

II

Os olhos do vô voltaram a brilhar tão logo desembocamos na Praça Tiradentes. No centro da ampla praça, dezenas de pombos sobrevoavam a estátua de um homem montado a cavalo.

— Quem é? — perguntei.

— Dom Pedro I. Trata-se do primeiro monumento erguido na cidade, em meados do século XIX, obra de um escultor francês.

— Ué, mas por que a praça se chama Tiradentes? — estranhei.

— Ah, isso já deu muita confusão. Coisas da política. Ao longo dos anos teve outras denominações, como praça da Constituição e da Independência. O fato é que Tiradentes passou por aqui a caminho da forca. O nome, em homenagem ao inconfidente mineiro, se não me falha a memória, vigora desde 1950.

Às vezes o velhinho me deixava cansado com suas longas explanações. Porém, tenho de admitir que era um jeito legal de aprender História. Muito mais divertido do que na sala de aula.

— Depois que cercaram tudo com grades e reformaram ficou bem melhor — comentou, com um olhar severo. — Só não conseguiram resolver o problema dos mendigos. Agora, os coitados têm de ficar do lado de fora — criticou, mostrando um grupo de esfarrapados deitados na calçada.

Eu não tinha o costume de ir ao Centro, muito menos de andar por aquelas bandas. Daí ter ficado espantado com o movimento dos carros e o corre-corre dos pedestres.

— Ah, quantas saudades da minha mocidade... — suspirou vovô. Vinha pra cá de bonde nos tempos em que a praça tinha dezenas de casas de espetáculos. Ali — disse, indicando o prédio do Teatro João Caetano —, tive o prazer de aplaudir grandes atores e atrizes da época. E do outro lado, no Carlos Gomes, gastava bons vinténs do meu salário pra apreciar as coristas do Teatro de Revista. O melhor mesmo eram as noitadas de dança — falou, me levando pelo braço rumo a um casarão de dois pavimentos com sacadas ornamentadas. — Aqui ainda funciona a famosa Estudantina, a melhor gafieira do Rio — elogiou.

— Vamos — chamei, preocupado com a hora. Se deixasse, ele ficaria o dia todo relembrando as façanhas de sua juventude.

Vovô adorava repetir que ele era do "tempo do Onça", expressão que significa algo muito antigo. Como sempre, me explicou a razão e a origem dessa frase. *Onça* fora o apelido dado pela população do Rio de Janeiro, há mais de dois séculos, a um de seus governadores, Luís Vahia Monteiro, um militar português, que se tornou famoso graças a sua polêmica administração. Governou com mão de ferro durante sete anos — de 1725 a 1732 —, restabelecendo com energia a ordem, a justiça e a fiscalização dos impostos. E impôs, principalmente, a paz e a tranquilidade nas ruas, perseguindo e prendendo os bandos de arruaceiros que infestavam a cidade e infernizavam a vida dos pacatos moradores.

III

Embicamos numa das ruelas laterais, onde havia um sebo característico da região. Milhares de livros, separados por assuntos, amontoavam-se em estantes empoeiradas, formando um labirinto escuro e infindável.

Revistas, mapas e gravuras transbordavam das prateleiras atulhadas à espera dos garimpeiros de raridades. Um leve cheiro de mofo pairava no ar, provocando em mim uma baita vontade de espirrar.

O livreiro, um senhor de rosto enrugado feito pergaminho, já conhecia vovô, como ele dizia, de outros carnavais.

— Bom dia, seu Pereira — cumprimentou-o, com um abraço. — Tá aqui o tesouro de que falei ao telefone — disse, entregando um volume de capa dura a vovô.

Meu avô pegou o livro com todo o cuidado, como se estivesse segurando uma joia preciosa.

— Não acredito! — exclamou. — Pertenceu mesmo ao Santos Guerra?

— Sim, não está vendo a assinatura? Estava jogado no meio da biblioteca de uma pesquisadora. Os filhos, assim que ela morreu, venderam tudo a quilo. Por sorte, no meio dos volumes, a maioria corroída por traças, encontrei este exemplar.

— Quanto vale ? — disse vovô, sacando a carteira do bolso.

Não sei quanto ele pagou por aquela velharia, mas deve ter sido uma nota, já que os dois se enfurnaram numa saleta no fundo do estabelecimento e ficaram lá um bom tempo discutindo o preço a ser pago.

Quando a porta se abriu, meu avô saiu com um ar de vitória, trazendo o livro do tal Santos Guerra debaixo do braço.

— Vamos embora, Toninho. No caminho eu te conto quem foi essa figura.

IV

A nossa próxima parada foi na Colombo, uma confeitaria tradicional na rua Gonçalves Dias. Ali, fiquei sabendo, se reuniam os grandes escritores e poetas do passado, como Olavo Bilac.

— Santos Guerra era um colecionador de obras antigas que jurava ter encontrado um mapa francês anônimo, do século XVI, dentro de um livro espanhol que ele comprara num sebo de Paris — revelou vovô, enquanto tomávamos sorvete de chocolate e menta num salão decorado com gigantescos espelhos de cristal.

— E o que tinha nesse mapa?

— Os tesouros cariocas!

— O quê?

— Isso mesmo. Indicava a existência de três baús cheios de ouro enterrados no subsolo do Rio.

— Onde?

— Um deles estaria embaixo da escola de Educação Física do Exército, na Urca. O outro, perto do morro Cara de Cão. E o terceiro, bem no meio da praia de Botafogo.

— O senhor acredita mesmo nessas histórias? — indaguei, achando que vovô tinha caducado de vez.

— É lógico que sim. Através dos séculos, muitas naus naufragaram ao longo da costa brasileira abarrotadas de ouro, prata, porcelanas e pedras preciosas. Algumas já foram localizadas, mas a maioria dos galeões permanece sepultada no fundo do mar, incólume.

— E as coisas não se estragam?

Vovô limpou a boca com um guardanapo e, com a calma costumeira, foi elucidando minhas dúvidas:

— Algumas, sim. A madeira, por exemplo, apodrece e se desintegra rapidamente, a não ser que fique coberta por lodo e areia. Mas outras, como o ferro, podem se conservar durante milhares de anos sob as águas.

— Por que se perdiam tantos navios, vô?

— Por causa da cobiça. Sobrecarregados, afundavam facilmente.

— E o Santos Guerra encontrou alguma coisa? — eu quis saber, começando a me interessar pelo assunto.

— Não. O problema é que grande parte dos destroços está localizada em regiões profundas, que requerem o uso de equipamentos sofisticados e de alta tecnologia para ser resgatada. Alguns pesquisadores garantem que até hoje foram encontrados apenas dois por cento das embarcações submersas em nossas águas territoriais.

— E qualquer um pode tentar resgatá-las? — perguntei, entusiasmado, já me imaginando dentro de uma roupa de mergulho.

— Nem pensar! Senão, piratas modernos, disfarçados de caçadores de tesouros e sob o manto de supostos interesses científicos, raspariam o leito dos oceanos. De acordo com a lei brasileira, todos os naufrágios ocorridos no litoral nacional têm um único proprietário: a União. E cabe exclusivamente à Marinha a fiscalização e a exploração de qualquer navio encontrado. Retirar o que quer que seja de um navio naufragado é considerado crime.

— Não concordo — reclamei. — Acho que pelo menos uma parte devia ficar pra pessoa que encontrou os objetos.

— Lei é lei — disse vovô, levantando-se depois de pagar a conta. — Vamos pegar um táxi.

V

O taxista nos deixou ao lado do Museu de Arte Moderna. Dali, atravessando os jardins, fomos andando até a mureta à beira-mar, nos desviando dos atletas e ciclistas que circulavam pela agitada pista.

— Bem ali — falou vovô, ao mesmo tempo em que um avião cruzava o céu, rugindo sobre os barcos atracados na Marina da Glória.

— O quê? Não escutei nada.

— Sob o aterro em que foi erguido o aeroporto Santos Dumont estão enterrados os destroços do *Nossa Senhora dos Anjos*, uma embarcação carregada de toneladas de presentes destinados ao papa Inocêncio XIII.

— O que aconteceu com o navio?

— Afundou devido a um incêndio ocorrido a bordo, se não me engano, em 1722. Acredita-se que boa parte da carga ainda esteja intacta.

— Tá, mas quem é que vai ter a coragem de esburacar as pistas do aeroporto? — duvidei. — Puxa, vovô, de que adianta falar de tantas riquezas se elas estão tão longe de nosso alcance?

— É o meu *hobby*. Gosto de ler sobre o assunto, por isso coleciono todos os livros que tratam de barcos desaparecidos.

— E esse que acabou de comprar? Vai te ajudar em alguma coisa?

— Espero que sim — admitiu, acariciando o embrulho que não largava de jeito algum. — Você sabia que o Rio já foi atacado por piratas franceses? Em 1710, um corsário chamado Duclerc foi rechaçado graças a uma tropa improvisada composta, em grande parte, de estudantes do Colégio dos Jesuítas e do São Bento. Negros escravos, armados de paus e chuços, também tomaram parte dos embates de rua, enquanto do alto das casas os moradores despejavam água e azeite fervente na cabeça dos invasores.

— Verdade, vô? — vibrei. Eu adorava filmes e livros de aventuras cheios de luta, tipo a *Ilha do Tesouro*.

— Sim. Duclerc e sua gente, sitiados, tiveram de se render. O líder da invasão acabou sendo assassinado logo depois da sua prisão. O mais interessante foi que as tropas nacionais, no auge da batalha, resolveram invocar a proteção de Santo Antônio, soldado honorário da guarnição. Enquanto as balas vinham de tudo quanto era lado, tiraram a imagem do altar e a colocaram sobre os muros do convento. Mais tarde, por incrível que pareça, o santo foi promovido a capitão de regimento e posteriormente a tenente-coronel, pela ajuda divina prestada aos combatentes.

Era por essas e outras que eu me amarrava nas histórias do vovô. Esta, então, tinha sido demais!

— Mas no ano seguinte — prosseguiu ele, todo empolgado — , não teve santo que desse jeito. A vingança veio a ferro e fogo. O almirante René Duguay-Trouin saqueou a nossa cidade após ultrapassar a barra protegido por um denso nevoeiro. A sua esquadra, composta de 17 navios, deixou a Baía de Guanabara levando em seus conveses uma verdadeira fortuna. Só que duas das embarcações jamais regressaram à França. Pode ser que um daqueles baús, guardando moedas de ouro, esteja submerso perto de nós.

Vovô colocou uma das mãos no meu ombro e, com a outra apontando para a Baía de Guanabara, mudou de assunto:

— É difícil de acreditar, mas houve uma época, de acordo com velhos relatos, em que as baleias nadavam ao longo das praias cariocas roçando seus corpanzis nos rochedos.

— O senhor já me contou — falei, me lembrando de um dos incontáveis passeios feitos com vovô pela orla marítima. — Por isso é que a Pedra do Arpoador lá em Ipanema tem esse nome.

— Pois é — prosseguiu —, ali era um ponto ideal para se observar os gigantescos mamíferos que migravam em busca de águas mais quentes, fugindo dos mares frios do sul. Eram tantos que podiam ser arpoados com facilidade mesmo de terra firme...

— Hoje os ferrados somos nós, né? — ironizei, enquanto deixávamos o Parque do Flamengo.

Ele nem me deu ouvidos. Prosseguiu, falando pelos cotovelos:

— As baleias vinham em grupos de 40 ou 50 para ter seus filhotes em nossa costa, mas acabavam sendo caçadas impiedosamente. Seu óleo era usado para acender os lampiões de rua, num tempo em que a cidade vivia praticamente às escuras.

— Era perigoso sair à noite, vô?

— Sim, muito. O perigo rondava em cada esquina mal iluminada. Quanto a essa questão da segurança, parece que as coisas nao mudaram tanto, não é ? — ironizou. — Você já ouviu falar em Moby Dick, a baleia branca? — interrogou, retomando o assunto dos cetáceos.

— Vi na televisão — respondi, me lembrando de um filme antigo que adoram reprisar nas sessões da tarde.

— Ah, mas o livro é muito melhor. Vou te dar um exemplar de presente — prometeu vovô, pondo um ponto final nas histórias sobre baleias.

RESPINGO
RIO

A CARTA DO PIRATA FRANCÊS

VI

No outro dia, um sábado tipicamente carioca de muito sol e calor, vovô me fez trocar a tradicional pelada de fim de semana no Aterro por um encontro altamente *secreto* na praia de Botafogo.

Adoro o mar. Meu sonho, pra desgosto de minha mãe, é ser salva-vidas. Acho que não deve ter profissão melhor. Passar o dia na areia feito os personagens de um seriado da TV, rodeado de lindas garotas, resgatando do meio das ondas os que estão em perigo. Ano passado recebi o diploma de "botinho", após concluir um curso de verão pra salva-vidas mirins. E, modéstia à parte, nado muito bem.

Sentei-me numa pedra de frente para a praia, contemplando a baía que havia presenciado o desembarque e a partida dos conquistadores, enquanto aguardava vovô. Ele morava sozinho num hotel perto do nosso apartamento, em Laranjeiras. Pra lá dos 80 anos, fazia questão de se manter independente, sem incomodar ninguém, fato do qual se vangloriava.

Bom, só sei que esse papo todo de navios e tesouros acabou mexendo com a minha cabeça. Além das histórias de aventuras, sempre fui fascinado por filmes de ficção científica que falam de viagens pelo tempo, campos gravitacionais, buracos negros e coisas do gênero, que me projetam para o futuro ou me fazem retornar a eras bem remotas. Talvez por isso que, à noite, tive um sonho estranhíssimo, como se fosse uma regressão, que me transportou ao Rio de Janeiro das invasões francesas.

Nele, eu me vi como um dos líderes estudantis que comandaram a reação ao ataque dos piratas. De espada em punho, em meio aos estampidos dos canhões, ao cheiro de fumaça e pólvora, combati os sanguinários corsários pelas ruelas estreitas do Centro.

Duelei com o chefe deles, um homem enorme, de perna de pau, venda num olho, papagaio no ombro, sentindo o bafo de rum no meu rosto, enquanto seus companheiros debandavam rumo às embarcações, nas quais tremulavam bandeiras com duas tíbias em cruz e uma caveira branca.

O final é que foi terrível. Acabei sendo preso, arrastado pra bordo da nau capitânia e, depois de ter as mãos amarradas às costas, fui obrigado a caminhar em cima de uma prancha que balançava perigosamente sobre as águas. Ainda bem que despertei no momento em que o carrasco me empurrava com a ponta de seu sabre pras profundezas do mar.

— Bom dia — disse vovô, me dando um susto danado. Eu estava tão entretido em meus pensamentos que nem tinha notado a chegada dele, todo esportivo, de bermuda e tênis branco.

— Bom dia, vô.

— Você está rodeado de riquezas — anunciou, girando o braço no ar.

— Onde? O senhor já sabe a localização do baú enterrado aqui no meio da praia? — agitei-me, pronto para escavar cada centímetro da areia.

— Nada feito — revelou, cortando a minha empolgação. — Infelizmente o livro não trazia nenhuma novidade. Reafirmava apenas a existência de uma arca oculta em algum ponto da praia, aguardando quem a desenterre e nada mais.

— Mas o senhor falou que estávamos cercados de tesouros — insisti, não me conformando com a resposta.

— Eu estava me referindo ao cenário à nossa volta. O Rio, com suas montanhas, praias, lagoas e florestas, é uma cidade abençoada pela natureza. Dito assim, parece lugar-comum, mas olhe só pro Pão de Açúcar! Quer fortuna maior do que essa? E às nossas costas — disse, torcendo o pescoço —, o Cristo Redentor vela pelos cariocas.

— É, mas ultimamente ele não deve estar satisfeito com o que tem visto — critiquei.

— Concordo com você. Sabe, Toninho, uma vez sonhei que a estátua do Corcovado tinha sumido de seu pedestal. Naquele dia, uma manhã enevoada, um homem alto, barbudo, vestindo um longo camisolão,

percorreu as ruas de nossa cidade de chicote em riste, pondo ordem em tudo o que encontrava de errado. À tarde, quando a cerração que encobria a base da montanha cedeu aos raios do sol, a imagem voltara ao seu lugar.

— Engraçado, essa noite eu também tive um sonho muito maneiro — comentei, impressionado com o que acabara de escutar. — Já pensou se o Cristo descesse de lá mesmo, vô?

— Quem sabe? Talvez um dia ele perca a paciência e resolva dar uma voltinha — respondeu, com um sorriso nos lábios. — Venha, vamos aproveitar pra fazer uma caminhada. Tenho um segredo pra te contar.

Antes de sairmos, dei uma olhada pro alto, só pra conferir. O Cristo permanecia em seu posto, vigilante. Se Santo Antônio tinha sido promovido, lembrei, o Redentor então... Afinal, os *tesouros* do Rio estão sob sua guarda.

VII

Tomamos água de coco numa das barraquinhas do calçadão à beira-mar da praia do Flamengo. Um enorme petroleiro cruzava a baía, sumindo lentamente na linha do horizonte.

— Os navios-mercantes atuais são vítimas de piratas modernos — disse vovô. — Em vez de facões, eles usam armas automáticas e deslocam-se em barcos sofisticados. Em ações ousadas, escalam os cascos das embarcações com a ajuda de ganchos e cordas. O alvo principal, além do dinheiro dos oficiais e dos marinheiros, são as cargas guardadas dentro dos contêineres. Às vezes, matam as tripulações, deixando os barcos à deriva. Um cargueiro como esse, desgovernado, além de ser um perigo à navegação, pode causar danos ecológicos irremediáveis à vida marinha...

Pronto. Quando o vô levantava o queixo e deixava seu olhar perder-se no espaço, era sinal de que lá vinham mais histórias:

— A pirataria existe desde que o mundo é mundo. Na época do antigo Egito, o Mediterrâneo era infestado de ladrões marítimos. Os vikings, na Idade Média, tornaram-se famosos por sua audácia nos mares nórdicos. Franceses e ingleses também assaltavam, matavam, pilhavam e sequestravam no auge da pirataria nos idos de 1630 a 1730...

— O senhor disse que tinha um segredo pra me contar. Qual é? — lembrei, cortando o papo.

Vovô me arrastou pra sombra de uma das árvores do parque e, com um sorriso matreiro, retirou uma folha de papel toda amarelada do bolso.

— Isso aqui é um verdadeiro tesouro — explicou, com os lábios tremendo de emoção. — Achei dentro da sobrecapa do livro que comprei no sebo. A costura que ocultava esta preciosidade estava gasta e desfiada pelo tempo. Ao tentar remendá-la, acabei encontrando a cópia de uma carta histórica.

— Que carta é essa, vô? Fala logo! — pedi, ansioso pra saber o teor do misterioso documento.

Ele, antes de responder, olhou para os lados, a fim de se certificar de que ninguém estava ouvindo a nossa conversa.

— Você se lembra da história que te contei sobre a invasão do Rio por piratas franceses?

— Sim.

— Que um deles, Duguay-Trouin, exigiu um enorme resgate como vingança pelo assassinato de seu compatriota, Duclerc?

— Sim. E daí?

— Pois aqui está uma cópia da carta que o pirata enviou ao governador Francisco de Morais impondo suas condições. Até hoje só se conhecia o documento original. Esta cópia, se for verdadeira, deve ter sido guardada nos arquivos de uma das partes envolvida nas negociações. Veja com seus próprios olhos — pediu vovô, me entregando a folha escrita com uma caligrafia estranha, quase apagada, numa linguagem antiga e toda enrolada:

O Rei, meu Senhor, querendo tomar satisfação da crueldade contra os officiaes da tropa que prisionastes o anno passado, foi informado Sua Magestade, que depois de se haver massacrado os cirurgiões, a quem havias concedido o poderem desembarcar dos navios para curar os feridos, os deixastes perecer de fome e de miseria, e aquella parte que ficou de tropas, tendo-os em captiveiro contra a observancia da carta de ajuste entre as Coroas de França e Portugal: elle me mandou com os seus navios e tropas, para vos forçar ficar a sua discrição e receber os prisioneiros Francezes, e fazer pagar aos habitantes desta Colonia as contribuições que forem bastantes para os punir de suas crueldades, e que podesessem satisfazer amplamente a Sua Magestade a despeza que fez para este tão respeitavel armamento. Não tenho querido intimar-vos que vos rendais, estando em estado de vos obrigar a isso, e de reduzir a cinzas o vosso Paiz e a vossa Cidade, esperando que vos rendais a discrição do Rei, meu Senhor, que ordenou não destruir aquelles que se submettessem de bom grado, e se arrependessem de o haverem offendido na pessoa de seus Officiaes e das suas tropas. Soube também. Que se fez assassinar a MR DUCLERC que os commandava, e eu não quiz usar de represalias sobre os Portuguezes que cahirão em meu poder, porque a intenção de

Sua Magestade não he fazer a guerra de huma maneira indigna de hum Rei tão christão; e ainda que persuadido que tivesse parte naquelle vergonhoso massacre, não obstante Sua Magestade quer que vos me refiraes os autores, para que eu faça huma justiça exemplar. Se não obedecerdes logo a sua vontade, nem vossa peças, tropas, barricadas, me embaraçarão executar as suas ordens, e de levar o ferro e o fogo a toda a extensão do vosso Paiz. Espero, Monsieur, vossa resposta, e que seja prompta e decisiva, e sem duvida conhecereis que vos tenho poupado muito o que tem sido para escapar-me do horror de envolver com os culpados os innocentes. Eu sou Mr., muito perfeitamente venerador (a) DUGUAY-TROUIN.

— Confira a data — apontou vovô, todo animado. — Rio de Janeiro, 20 de setembro de 1711!

— Desculpe — respondi, quebrando o entusiasmo dele —, mas não entendi quase nada. Nem parece que está escrito em português.

Vovo me olhou com uma cara desapontada, mas respondeu numa boa:

— Você tem razão. O texto, na linguagem da época, é meio complicado mesmo. A carta diz mais ou menos o seguinte: que Duguay-Trouin foi enviado pelo rei da França para tomar satisfações sobre a prisão e supostos maus-tratos que os franceses capturados no ano anterior teriam sofrido nas prisões brasileiras. Por isso, exigia que seus patrícios fossem soltos e que fosse paga uma alta indenização. Se não fosse atendido, reduziria

o Rio de Janeiro a cinzas, graças ao poderio de sua armada. Lamentava também a morte dos médicos que haviam recebido permissão para socorrer os feridos e, principalmente, o assassinato de Duclerc, comandante da frustrada invasão. Enfim, o governador teria de concordar com todas as exigências impostas pelo inimigo para evitar a destruição da cidade.

— E o governador aceitou tudo isso? — indaguei, furioso com a ousadia do pirata.

— Bom, ele fez o que pôde. Respondeu no mesmo dia, explicando que os prisioneiros franceses, ao contrário das denúncias, haviam sido bem tratados e que os assassinos de Duclerc, apesar de seu esforço, ainda não haviam sido encontrados. Terminou a mensagem dizendo que não entregaria a cidade aos piratas e que a defenderia até a última gota de seu sangue. Mas, Francisco de Castro Morais, em desvantagem numérica, não cumpriu sua promessa. Capitulou ante o poderio do inimigo, 5 mil aventureiros de várias nacionalidades, e pagou o resgate exigido: 600 mil cruzados, além de 100 caixas de açúcar e 200 bois.

Vovô, às vezes, parecia uma enciclopédia ambulante. Não sei como ele conseguia guardar tantas datas e dados assim. Mas teve uma coisa que me deixou intrigado:

— Se o pirata era da França, como é que mandou a mensagem escrita em português?

Vovô coçou a cabeleira embranquecida, parecendo ter sido pego de surpresa com a minha pergunta. Porém, não perdeu a pose.

— Eu não sou professor de História, mas acredito que tenha sido enviada em francês. Depois, de acordo com as leis da coroa portuguesa, foi traduzida para nosso idioma por um escrivão, antes de ser depositada no Arquivo da Ouvidoria da Comarca do Rio de Janeiro. Entendeu?

Fiz que sim, balançando a cabeça, e tornei a perguntar:

— Quanto vale essa carta?

— Não sei. Mas como documento histórico tem um valor inestimável. Pretendo entregá-la ao Arquivo Nacional, que, apesar da carência de material e de funcionários, é uma instituição pública das mais competentes, devotada ao incentivo da pesquisa em nosso país — elogiou vovô, guardando-a com cuidado.

— E o que o senhor vai fazer com ela, agora?

— Primeiro preciso comprovar sua autenticidade. Por isso, telefonei e marquei um encontro com um entendido no assunto, que assumiu o escritório de um velho amigo. Especialistas em documentos antigos, infelizmente, estão em extinção — lamentou. — A maioria dos técnicos que eu conhecia e em quem confiava já se aposentou ou morreu. Então, quer ir comigo ou não?

— Hoje?

— Não. Depois de amanhã.

VIII

Segunda-feira, depois que saí da escola, fui me encontrar com vovô no metrô do Largo do Machado. Dali pra Copacabana era um pulo. Saltamos no enorme recinto da linha final da Zona Sul, escavada em plena rocha, que sempre me faz ter a impressão de que sou um dos personagens do livro *Viagem ao centro da Terra*. O cenário futurístico da estação Cardeal Arcoverde me chamou a atenção desde a inauguração, em 1997, por sua grandiosidade, além do colorido das paredes e do movimento das esteiras rolantes semelhantes às dos aeroportos.

O especialista em documentos antigos trabalhava num prédio decadente na rua Barata Ribeiro. O apertado elevador, como vovô dizia, parecia ser do "tempo do Onça". A porta de correr era daqueles modelos que a gente tem de fazer força com o braço pra entrar e sair, puxando-a ou empurrando-a para o lado.

O escritório que procurávamos ficava no final de um corredor ocupado por lojinhas de alfaiates, relojoeiros, sapateiros, fotógrafos e outros pequenos comerciantes.

— Pensei que fosse um troço mais bacana — reclamei, decepcionado com a aparência do lugar.

— Eu também — concordou vovô. — O endereço original do meu amigo antes de ele adoecer era muito mais decente. Ainda bem que o novo proprietário do imóvel tinha o telefone daqui — explicou, enquanto apertava a campainha de uma porta caindo aos pedaços.

Não gostei nada da cara da pessoa que nos atendeu. Um tipo abrutalhado, peludo como um urso. Suava em bicas apesar do ventilador que girava no teto, rangendo como um condenado. Além de papudo, tinha uma barriga imensa, estufada igual à vela de um navio ao vento. Disfarçava a idade avançada pintando a cabeleira desgrenhada com uma tintura preta. Mas as rugas na testa, em torno dos olhos e da boca, não davam pra disfarçar. Os pelos brancos espalhados pelo peito e braços desnudos e, principalmente, os tufos que se projetavam das orelhas e do nariz denunciavam o peso dos anos.

— Ah, foi o senhor que telefonou... Nicodemos Popoulos, a seu dispor. Mas pode me chamar de Grego — disse ele, cumprimentando o vovô. — Sente-se, por favor — pediu, apontando um sofá com as molas todas desconjuntadas.

— Como é que vai o Ladislau? — perguntou vovô, olhando com espanto as paredes descascadas e cheias de manchas de mofo.

— Faleceu há mais de um ano. O senhor não foi informado? — perguntou o Grego.

— Não. Só sabia que ele estava doente. É, mais um que se vai — lastimou-se vovô, sem esconder a decepção. — Há séculos não nos víamos. Nem tive tempo de perguntar por ele no dia em que marquei a visita.

— Assim é a vida. Agora quem toca os negócios sou eu — disse o cabeludo, rodeado de reproduções de mapas antigos e de gravuras desbotadas sobre navios e instrumentos de navegação.

Depois, com a ajuda de uma lente de aumento, o homem examinou minuciosamente a folha que vovô lhe entregou. Sem dizer nenhuma palavra, revirou-a e estudou uns traços praticamente apagados na outra face da carta, à luz de uma forte lâmpada. Os desenhos, números e setas, que vovô não me mostrara, apontavam para a cabeça de um animal semelhante a um cachorro.

— Então? — perguntou vovô, quebrando o silêncio.

— Parece ser um documento autêntico — respondeu o especialista, com uma voz cavernosa. — Mas pode ser uma falsificação também...

— Foi pra isso que eu trouxe o documento aqui. Quero entregá-la ao Arquivo Nacional, mas antes preciso ter certeza de que não é falsa.

— Tudo bem, mas vai levar algum tempo. O senhor precisa deixá-la comigo por uns dias...

— Negativo — decidiu vovô, recolhendo a carta.

— Faça como quiser — retrucou o homenzarrão, fechando a cara.

— Tenha um bom dia — despediu-se vovô. — Vamos embora, Toninho — disse ele, levantando-se imediatamente.

IX

Assim que saímos do elevador fomos barrados por um baita homem, de cabeça raspada, enfiado num desses coletes que os seguranças de rua adoram usar.

— Devagar, meu irmão — disse ele, acariciando o cabo de uma arma prateada guardada dentro da calça.

— O que é isso? — irritou-se vovô, não se intimidando com o tamanho do oponente, ao mesmo tempo em que me dava a mão. Seus dedos, gelados, porém, denunciavam seu nervosismo.

— Fique frio, vovô — advertiu o musculoso guarda, sacudindo os ombros largos como um armário. — Tenho certeza de que o senhor não vai querer que aconteça alguma coisa ao seu netinho, não é? Agora, chega de conversa mole e trate de entrar naquele carro sem dizer uma palavra — ordenou o careca, apontando uma kombi estacionada em frente ao prédio.

No volante havia outro sujeito de colete com um telefone celular grudado no ouvido. Magro, cabelo curto e bigode aparado, com um jeitão de policial.

As pessoas, a caminho da praia, passavam por nós sem imaginar que estávamos sendo sequestrados na cara de todo mundo, numa das esquinas mais movimentadas de Copacabana.

Tive vontade de gritar e de sair correndo pelo meio da rua, mas, por causa do vovô, achei melhor não criar confusão.

Depois que nos acomodamos no banco traseiro do carro, o motorista ligou o aparelho portátil e avisou:

— Tá tudo limpo. Pode descer, chefe.

Minutos depois, o Grego entrou ofegante, espremendo seu corpanzil contra o nosso, após passar com dificuldade pela estreita porta.

— Vá me dando a carta — exigiu o barrigudo, estendendo a mão pro vovô.

— Pra onde vamos? — perguntou o motorista, pondo o veículo em marcha.

— Pra Barra — respondeu o chefe. — O vovô aqui vai nos mostrar onde estão os destroços de um navio muito valioso.

Não entendi nada. Vovô permaneceu calado, sem mexer um músculo, mas seu rosto ficou branco como cera ao ouvir as palavras do chefão.

É numa hora dessas, num tremendo sufoco, que a gente percebe como o Rio carece de policiamento.

Atravessamos a orla de Copacabana e Ipanema sem avistar um policial sequer. No final do Leblon havia uma radiopatrulha estacionada ao lado de um quiosque. Só que os dois militares, enquanto tomavam água de coco, pareciam estar mais interessados em paquerar as babás que passeavam pelo calçadão empurrando carrinhos de bebês, do que em zelar pela segurança pública.

O magrelo dirigia como se fosse um piloto de Fórmula 1 pela movimentada avenida que corta a praia da Barra da Tijuca. Descemos num dos pontos mais afastados, numa prainha cheia de rochas, protegida por um barranco e, de acordo com os noticiários, frequentada por nudistas.

Na areia deserta não havia ninguém pelado. Os sequestradores nos obrigaram a caminhar pela água na altura dos joelhos até uma lancha a motor, parada a poucos metros da praia.

O piloto da embarcação, louro e de olhos azuis, tinha toda pinta de estrangeiro. Sem dizer uma palavra, ligou o motor e começou a nos conduzir a uma escuna ancorada além do quebra-mar.

No meio do trajeto avistamos uma tartaruga enorme subindo e descendo entre as ondas. A cabeça do animal, sacudindo pra lá e pra cá, vasculhava o horizonte como o periscópio de um submarino.

Na mesma hora me veio à cabeça uma das histórias que o vovô me contara, conforme registros de antigos livros de navegação, sobre uma tartaruga que durante 30 anos guiara navios e mais navios pelos mares bravios do Pacífico Sul. Era conhecida pelos marinheiros que aportavam às costas da Nova Zelândia no final do século XIX pelo apelido de Jacques. Os tripulantes das embarcações sabiam que bastava acompanhá-la através das perigosas correntes pra chegarem sãos e salvos ao seu destino. Um dia, um marinheiro de um navio chamado *Pinguim* se excedeu nas doses de rum e alvejou o animal com um tiro certeiro. A tripulação conseguiu resgatar a tartaruga e salvá-la graças ao médico de bordo. Jacques, de volta ao mar, continuou seu trabalho incessante por mais uma década. Orientava todos os navios, a não ser um, que jamais perdoou: o *Pinguim*.

— Chegamos — disse o gorducho, me trazendo de volta à vida real.

Nosso destino, uma elegante escuna com dois mastros e proa afilada, tinha um nome em inglês gravado no casco com letras amarelas: *Golden Eye*.

— "Olho Dourado" — traduziu vovô, enquanto subíamos a escadinha que dava acesso ao interior do barco.

XI

O capitão, um gringo de cabelos brancos e pele queimada de sol, ficou na maior bronca ao nos ver.

Golden Eye
SEGURANÇA

Começou a discutir violentamente com o Grego num português todo enrolado, ao mesmo tempo em que apontava o dedo em nossa direção.

— O que está havendo? — sussurrei.

Vovô, mais preocupado com a roupa encharcada, respondeu em voz baixa:

— Pelo que eu entendi, não somos bem-vindos. Os caras deram a maior mancada em nos fazer reféns. O dono do barco está interessado apenas em tesouros afundados.

Foi então que me lembrei dos rabiscos no verso do documento pertencente ao pirata francês.

— Quer dizer que aqueles desenhos atrás da carta eram um mapa?

Vovô, com a cara mais sem graça do mundo, acabou de torcer a barra da calça de linho branco toda molhada e confessou:

— Desculpe, Toninho, eu não te contei. Mas dessa vez acho que fui longe demais nessa história de tesouros. Pelo jeito, parece que o Grego ficou impressionado com a hipótese de eu ter descoberto um mapa com a localização exata de um galeão carregado com moedas de ouro.

De repente, os gritos e insultos aumentaram. O capitão gesticulava e bradava com o gorducho apontando o dedo em riste em direção à praia. Dava pra entender que ele estava expulsando o indesejado visitante.

O Grego não vacilou. Bastou um sinal dele para que os dois seguranças sacassem suas armas e imobilizassem o capitão e o resto da atônita tripulação, formada por cinco marinheiros.

Em seguida, eu, vovô, o capitão e os marujos fomos trancafiados numa apertada cabine, espremidos entre caixas de alimentos enlatados, empilhadas ao longo de duas prateleiras.

— Lamento a situação — desculpou-se o capitão com o vovô. — Não devia ter acreditado nas promessas desse sujeito sem escrúpulos.

— Quem são vocês? — perguntou vovô. — Caçadores de tesouros?

— Sim, mas não somos bandidos nem sequestradores, como esses aí do lado de fora. A única coisa que me interessava era o mapa que o Grego dizia ter pra me vender.

O capitão confessou que pertencia a uma empresa multinacional sediada em Lisboa, dessas que buscam exclusivamente o lucro particular sob uma falsa aparência científica.

— Na verdade — concluiu vovô —, o negócio de vocês não é o valor das peças e sim a venda de apólices de risco para financiar as expedições.

Nisso, a porta se abriu e o segurança magrelo apareceu com uma arma na mão.

— Quem é o piloto? — perguntou, encarando os marujos.

— Sou eu — respondeu um senhor de grossos bigodes.

— Então, venha. O chefe quer dar uma volta.

— Aonde vamos? — questionou o capitão.

— Isso não te interessa — retrucou o outro, voltando a cerrar a porta.

Logo após o roncar do motor, o barco começou a navegar lentamente sobre as ondas.

XII

A porta voltou a abrir-se pouco tempo depois.

— O chefe pediu pro capitão e o velhinho saírem — ordenou o magrelo de novo, balançando o revólver na mão.

— Eu só vou se o meu neto for comigo — disse vovô, me abraçando.

O bigodinho, a contragosto, cedeu ao apelo e nos levou à sala de comando. A escuna, para nossa surpresa, dispunha de um sofisticado sonar para detectar objetos imersos e determinar-lhes a posição, além de um intricado circuito interno de câmaras de televisão. Enquanto caminhávamos pelo convés deu para ver que estávamos próximos a um dos cartões-postais do Rio de Janeiro: o Pão de Açúcar.

— Quem mandou trazer o menino? — bronqueou o chefe dos sequestradores, não gostando da minha presença.

— Aonde a vaca vai, o boi vai atrás — resmungou o capanga, me dando um cascudo na cabeça.

— Não toque nele! — gritou vovô, avançando pra cima do magrelo.

Ainda bem que o corpanzil do Grego barrou a investida enfurecida do vovô.

— Calma. Se o senhor cooperar, não vai acontecer nada de mau com seu neto — apaziguou o chefão, puxando o vovô pro lado de uma mesa atulhada de cartas marítimas. — É esse o lugar? — perguntou, colocando o dedo num ponto do mapa aberto em cima do tampo de vidro.

— Sim — respondeu o vovô, com uma voz trêmula. — Em frente ao antigo morro Cara de Cão,

hoje chamado de São João — afirmou, apontando pra conhecida paisagem.

A enorme rocha realmente lembrava a cabeça de um cachorro, igual à desenhada no verso da carta do pirata francês.

— Mas nao sei se estamos no local exato — disse vovô.

— Isso é tarefa pra quem entende do assunto — decidiu o Grego, estendendo o mapa pro capitão.

O veterano marinheiro pegou uma espécie de compasso e, depois de alguns cálculos, medindo latitudes e longitudes, ordenou ao piloto que manobrasse a escuna pra outra posição.

O marinheiro foi rodando o timão, vagarosamente, seguindo as instruções que lhe iam sendo passadas pelo superior:

— O mais devagar possível. Devagar...

Não demorou muito para que uma série de ecos entrassem na tela do sonar: ping, ping, ping...

— Desligue o motor — ordenou o capitão. — O aparelho está indicando a presença de um objeto no fundo do mar.

— Será o navio? — perguntou o Grego, excitado com a descoberta.

— Talvez, mas só os mergulhadores é que podem dizer se atingimos o alvo certo — respondeu o capitão.

— Vá buscar um deles — ordenou o gorducho, acenando pro capanga de bigodinho.

XIII

O homem escolhido, com um ar contrariado, vestiu lentamente a roupa de borracha. Em seguida, colocou o cilindro de ar comprimido, com oxigênio puro às costas e, sempre resmungando, ajustou o radiofone instalado no capacete, de modo que pudesse se comunicar com o pessoal a bordo do "Olho Dourado".

— Vocês estão nos obrigando a infringir a regra número 1 em mergulho. Nunca se deve descer sozinho — protestou o capitão, ajudando o marinheiro a colocar o pé de pato. — Ele precisa ter alguém ao lado, em caso de perigo — insistiu.

— Faça o que eu estou mandando — retrucou o

Grego, não dando bola pra reclamação.

O mergulhador, depois de ouvir as últimas instruções, desapareceu no mar, deixando um rastro de borbulhas na superfície.

Entardecia. As luzes da cidade começavam a faiscar ao longe, enquanto comíamos um lanche, aliás, a primeira refeição que eu e vovô fazíamos desde a hora em que havíamos sido sequestrados. Tudo se passara tão depressa que nem tivemos tempo de sentir fome.

Permanecemos na sala de comando acompanhando os detalhes da descida, que iam sendo transmitidos em intervalos regulares pelos aparelhos de comunicação. A tensão era tanta que o suor escorria pela face de todo mundo.

A voz do mergulhador chegava até nós com perfeita nitidez. Reclamou, a princípio, da escuridão. Porém, o tom irritado mudou no instante em que vislumbrou os destroços de um velho navio que jazia tombado sobre um dos lados, pendurado à beira de um banco de areia. Com nervosismo, forneceu detalhes da estrutura, do tamanho da embarcação e das peças sepultadas entre as vigas apodrecidas: canhões, balas, espadas, pequenos artefatos como fragmentos de porcelanas, pratos e jarros. E, finalmente, uma informação que nos deixou eletrizados: baús repletos de joias!

— Pegue algum objeto de valor e suba — ordenou o capitão, sem esconder a ansiedade.

XIV

A antiga moeda, grande e redonda, que o mergulhador trouxe pra bordo estava recoberta de limo e sujeira. Depois de raspada com cuidado, foi examinada pelo capitão, sob os olhares atentos e curiosos de todos nós.

— Então? — perguntou o Grego.

— Parece ser um dobrão de ouro — intrometeu-se vovô.

— As inscrições estão muito apagadas, mas tudo indica que a marca real seja a da Coroa portuguesa — afirmou o capitão, passando os dedos sobre os dizeres e emblemas corroídos pela ação implacável da água salgada do mar.

— Há mais dessas lá embaixo? — quis saber o chefão, com os olhos papudos brilhando de cobiça.

— Sim, mas está tudo espalhado, como num quebra-cabeça. É trabalho pra vários meses — respondeu o mergulhador, coçando a testa.

— E pra vários homens — emendou o capitão. — Não se esqueça de que os destroços podem mudar de lugar, dependendo das condições meteorológicas. Ainda mais esse galeão, praticamente dependurado num banco de areia. Qualquer tempestade pode empurrá-lo para um ponto mais profundo e ocultá-lo para sempre.

O Grego fez que não ouviu a advertência. Olhou pro céu escuro e decidiu:

— Amanhã prosseguimos. Agora vocês podem voltar aos seus camarotes — ironizou. — Leve-os! — ordenou aos capangas.

Eu, vovô, o capitão e o mergulhador fomos jogados de novo na apertada cabine. Ficamos ali, amontoados feito sardinhas em lata, sem saber qual seria o nosso destino. Dali só podíamos sair, um de cada vez, pra irmos ao banheiro, sempre escoltados por um dos seguranças armados.

O ar no abafado espaço entrava apenas através das frestas de uma minúscula claraboia que batia quase no teto do depósito.

— Será que escaparemos dessa enrascada? — perguntou vovô.

— Temos de manter a calma — respondeu o capitão. — Eles dependem de nós pra manobrar o barco.

— Sim, mas são gente perigosa. Encontraram o que queriam e agora podem nos eliminar. Não vão querer deixar testemunhas pra trás — disse vovô, me deixando mais nervoso ainda.

A minha mãe, pensei, devia estar louca com o nosso sumiço. A essa hora, do jeito que eu a conheço, já deve ter acionado a polícia e feito o maior escândalo. Eu não podia negar que estava com medo. Se os adultos estavam apreensivos, era sinal de que a nossa situação não era nada boa.

— Podíamos tentar desarmá-los — opinou um dos marinheiros.

— Nada disso. Prefiro não correr riscos desnecessários — reagiu o capitão. — Eles não podem ficar parados aqui na enseada durante muito tempo. Vão acabar chamando a atenção das autoridades marítimas brasileiras.

— Que, por sinal, são quase inexistentes — criticou vovô.

— Sim, mas de qualquer maneira, acho melhor tentarmos dormir. Amanhã veremos quais serão as intenções desses bandidos. E aí sim, à luz do dia, poderemos executar um plano pra enganá-los ou dominá-los. Como não conhecem nada de navegação, mais cedo ou mais tarde acabarão cometendo um erro. Além do mais, o serviço de meteorologia anunciou que uma frente fria se aproxima do Rio — encerrou o capitão, dando um longo bocejo.

XV

Acordei com um safanão do vovô. Raios de sol atravessavam as paredes de madeira iluminando o interior da cabina, impregnada pelo cheiro de suor dos homens amontoados uns sobre os outros.

— O que foi? — perguntei, ainda meio sonolento.

— Parou um barco ao lado do nosso — disse vovô, apurando o ouvido com uma das mãos em forma de concha.

Do lado de fora chegava um rumor de vozes abafadas sendo trocadas entre os tripulantes das duas embarcações.

— Suba no ombro de Pierre e veja se consegue enxergar alguma coisa através da claraboia — disse-me o capitao, apontando para um dos homens.

Obedeci a ordem e trepei nas costas de um barbudo, alto como um poste. Com os pés apoiados nos ombros do marujo, vi uma lancha com dois marinheiros uniformizados de azul e branco a poucos metros do "Olho Dourado".

— É a Marinha — avisei.

— Devem ser da Capitania dos Portos. Eu não falei que eles iam fazer alguma besteira? Esta área onde ancoramos é via exclusiva para a passagem de grandes navios — alegrou-se o capitão. — Tente abrir o vidro, garoto — pediu ele. — Empurre a alça do caixilho de madeira pra sua esquerda — ensinou.

Depois de várias tentativas, fazendo uma força danada com as duas mãos, consegui afastar a grossa vidraça pro lado.

— E agora? — perguntei, enchendo os pulmões com o ar fresco da brisa do mar. — Parece que o nosso barco está indo embora — informei, pondo a cabeça pro lado de fora.

— Estamos perdidos! — disse o capitão, soltando um palavrão.

Foi então que, enquanto o respingo das ondas batia em meu rosto, tive uma ideia muito louca. Daquelas que não dá pra voltar atrás.

— Acho que consigo passar o meu corpo — falei, espremendo os ombros pela estreita abertura.

— Cuidado, não vá cair! — gritou vovô.

O aviso veio tarde demais. Mergulhei de cabeça nas águas profundas no instante em que a escuna começava a se afastar da lancha pilotada pelos militares.

XVI

Assim que voltei à tona, comecei a nadar ao encontro da embarcação pertencente à Capitania dos Portos.

O medo parecia me dar mais energia. Apertei as braçadas, lutando contra o mar revolto. Na hora que bate o desespero, a gente sempre pensa em coisas negativas. As ondas prejudicavam minha respiração e visão. Era como nadar no escuro em plena luz do dia.

Agoniado, ouvi a voz do vovô, feito uma alucinação, sussurrando em meus ouvidos: "Coragem... não desista... você vai conseguir...".

Eu tinha de alcançar o barco antes que dessem partida no motor, senão estaria ferrado. Se os tripulantes não me avistassem, eu ficaria perdido no mar, sem chances de alcançar terra firme.

— Socorro! — berrei, levantando a cabeça e engolindo um bocado d'água.

Faltava pouco, mas o perigo permanecia. A qualquer momento, no caso de uma manobra mais brusca, eu podia ser atropelado ou cortado ao meio pelas hélices do barco.

Foi então que ouvi alguém gritar:

— Homem ao mar!

O sufoco terminou no momento em que uma boia foi jogada em minha direção. Logo fui içado a bordo, enquanto o "Olho Dourado" desaparecia a todo vapor.

XVII

— O que aconteceu? — perguntou um coroa, que devia ser oficial, por causa das divisas na manga do uniforme, me entregando um cobertor.

— Sigam aquele barco! — respondi, com os dentes batendo de frio.

— Qual? — perguntou o outro marujo, bem mais jovem e de cabelos cor de fogo.

— O que vocês acabaram de liberar. São ladrões de tesouros afundados. Meu avô foi sequestrado por eles.

Os dois tripulantes, do jeito que me olharam, pareciam não estar acreditando muito na minha história.

— Acho que esse menino bebeu água demais, sargento — disse o marinheiro com cara de bebê chorão.

— Eu não estou brincando. Juro que é verdade. Vocês têm de confiar em mim! Por favor, a vida do meu avô está em perigo — implorei, sacudindo a camisa do oficial.

— Calma, garoto — pediu o sargento. — Primeiro eu quero saber como você foi parar dentro d'água.

Perdi minutos preciosos explicando tintim por tintim o que se passara comigo e com o vovô desde a descoberta do bendito mapa:

— ... quando vi que vocês iam deixando os bandidos escaparem — terminei, contando tudo na maior pressa —, me joguei ao mar pra pedir ajuda.

—Bem que eu desconfiei daqueles caras — resmungou o ruivinho, assim que encerrei meu relato.

— Não custa nada averiguar — respondeu o sargento. — Senti firmeza no garotão — disse ele, me dando um tapinha de incentivo nas costas.

XVIII

Os sequestradores não foram muito longe. Acabaram cercados mais adiante por navios e helicópteros da Marinha de guerra, graças ao alarme emitido pelo rádio da lancha da Capitania dos Portos.

Cheguei pouco depois de os bandidos terem se rendido sem esboçar qualquer reação. De longe, avistei a silhueta inconfundível do vovô, agitado, discutindo com os militares.

— Vô! — gritei, assim que saltei no convés do "Olho Dourado".

— Toninho! — exclamou, me dando um abraço apertado, trêmulo de emoçao. — Nunca rezei tanto em minha vida. Cheguei a pensar que não ia mais te ver.

— Parabéns. Seu neto é muito corajoso — elogiou o sargento, que não desgrudava de mim.

— Esse menino vale ouro! — respondeu o vô, tascando o maior beijo em meu rosto, me deixando todo envergonhado.

Nisso, o balofo do Grego e seus capangas, devidamente algemados, passaram por nós, escoltados por marujos armados.

— O que vai acontecer com eles? — perguntei.

— Vão ter de responder na Justiça por seus crimes — disse vovô. — Bom, agora vamos ligar pra sua casa e avisar que está tudo bem.

Era verdade. A minha vida nos últimos dias tinha sido como a de um personagem de um filme de aventuras sobre piratas e tesouros escondidos. Daqueles que, no final, ao acender das luzes, tem-se um desfecho feliz. Será? Ainda faltavam alguns detalhes para serem decifrados...

CORREIO DA MANHÃ
UM TESOURO SUBMERSO
DESCOBERTO
MAPA DE
G.Conforti

O MISTÉRIO CONTINUA

XIX

O tempo passa rapidinho, pensei, ao sair do hospital onde vovô está internado, recuperando-se de uma pneumonia. Nada grave. Os médicos disseram que ele tem uma saúde de ferro e que logo terá alta. Tomara. Desde que meu pai se separou de mamãe, vovô tornou-se um ponto de referência muito importante pra mim.

Custo a acreditar que faz quase um mês que o Grego, seus dois capangas e a tripulação do "Olho Dourado" estão em cana, acusados dos mais variados delitos: sequestro, cativeiro e, principalmente, tentativa de roubo de objetos de embarcações naufragadas em território brasileiro.

Mas vovô acha que eles não vão ficar detidos durante muito tempo. De acordo com os advogados de defesa, não há provas materiais suficientes para incriminá-los. A carta encontrada no interior de um livro e o dobrão de ouro foram lançados ao mar pelo Grego momentos antes da prisão.

De qualquer maneira, a história sobre um provável galeão carregado de tesouros afundado em plena Baía de Guanabara mexeu com a imaginação geral e teve ampla cobertura da mídia. Eu e o vovô, de uma hora pra outra, viramos celebridades, com direito a fotos nos jornais e entrevistas nos programas de televisão.

Depois de algumas tentativas fracassadas da Marinha pra localizar o navio perdido, as autoridades suspenderam as buscas, alegando falta de verbas e de indícios concretos da existência da misteriosa embarcação. Se as investigações tivessem sido realizadas antes da frente fria que se abateu durante uma semana sobre o Rio, provocando enormes ressacas, o resultado talvez tivesse sido outro. A força da natureza deve ter empurrado os destroços do galeão para um ponto mais profundo, ocultando-o da vista de seus perseguidores. Logo, como sempre, o assunto saiu de moda e foi deixado de lado.

Menos pra mim e pro vovô. Nós temos certeza absoluta do achado. Só não sabemos a identidade do autor do mapa desenhado com tanta precisão no verso da carta do pirata francês. Quem seria? Um mistério como tantos outros, guardado nas profundezas do litoral carioca, à espera do surgimento de novas pistas. Ou, quem sabe, de outros caçadores de tesouros...

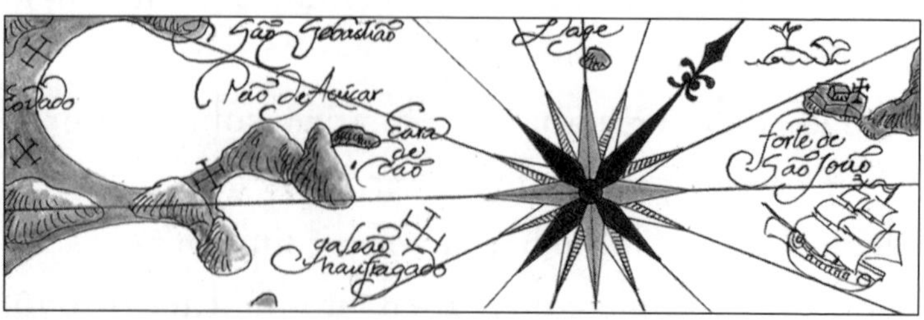

Coleção Jabuti Aventura

A carta do pirata francês

Editora Saraiva

ROGÉRIO ANDRADE BARBOSA

Apreciando a Leitura

■ Bate-papo inicial

Toninho estava acostumado a ouvir o avô relatar grandes aventuras do passado. Só não imaginava que pudesse viver uma dessas aventuras. O garoto vai com o avô visitar um especialista em documentos antigos para comprovar a autenticidade de uma carta encontrada em um livro antigo de navegação. Mas, de repente, são sequestrados e lá estão eles caçando tesouros no fundo do mar com uma turma da pesada.

■ Analisando o texto

1. Você sabe o que significa a expressão “rato de sebos”?

R.: ____

____

____

____

2. Logo no início do livro, Toninho diz: “Meu avô é um rato de sebos. Mas não é nada disso que vocês estão pensando”. Para quem ele faz essa justificativa e por quê?

R.: ____

____

____

____

3. Qual foi a primeira reação do garoto ao ter de acompanhar o avô ao centro da cidade?

R.: ____

____

____

4. Toninho parecia se surpreender com a agitação do centro da cidade. Que diferenças ele percebe entre o comércio do centro e o dos *shoppings*?

R.: ____

____

____

5. Para Toninho, as longas explicações históricas do avô:

( ) deixavam-no entediado e ele reclamava delas o tempo todo.

( ) às vezes o cansavam um pouco, mas eram uma boa maneira de aprender História.

Rogério Andrade Barbosa é professor, escritor, contador de histórias e ex-voluntário das Nações Unidas na Guiné-Bissau, África. Graduou-se em Letras pela Universidade Federal Fluminense – UFF e fez pós-graduação em Literatura Infantil na Universidade Federal do Rio de Janeiro – UFRJ. Trabalha com histórias do folclore brasileiro, na área de Literatura Afro-Brasileira e Africana, e em programas de incentivo à leitura, proferindo palestras e dinamizando oficinas.

Em 25 anos de carreira, publicou mais de 90 livros infantis e juvenis (cinco deles traduzidos para o espanhol, alemão e inglês).

Recebeu diversos prêmios, entre eles o Prêmio da Academia Brasileira de Letras de Literatura Infantil e Juvenil (2005) e o Prêmio Ori (2007), da Secretaria das Culturas do Rio de Janeiro, concedido aos que se destacam na valorização da matriz negra na formação cultural do Brasil.

Alguns de seus livros foram selecionados para o The White Ravens (acervo da Biblioteca Internacional de Literatura Infantil e Juvenil de Munique, na Alemanha) e para a Lista de Honra do International Board on Books for Young People – IBBY, na Suíça.

Participou como autor, palestrante e contador de histórias das Feiras do Livro de Frankfurt (Alemanha), Bolonha (Itália), Luanda (Angola), Santo Domingo (República Dominicana), Guadalajara e Cidade do México (México); do Projeto *Doy a Palabra a Mis Histórias*, em Lima (Peru), do II Encontro Iberoamericano de Literatura para Crianças e Jovens, em Havana (Cuba), e, também, palestrou no Centro Cultural Brasil-Moçambique, em Maputo (Moçambique), e no Centro Cultural Brasil Cabo Verde, em Praia (Cabo Verde). Também participou de congressos do IBBY em Cartagena (Colômbia), Basel (Suíça), Cape Town (África do Sul), Macau (China) e Copenhagen (Dinamarca).

Além disso, é professor-estagiário na Perboskolan – Skultuna (Suécia).

Para conhecer um pouco mais do trabalho do autor, acesse: www.rogerioandradebarbosa.com

Para entrar em contato com o autor, escreva para o *e-mail*: randbar@gbl.com.br

Sobre o ilustrador:

Gerson Conforti vem ilustrando livros infantis e juvenis desde 1967, tendo agora mais de 60 obras publicadas, várias delas premiadas. Foi cenógrafo do *Sítio do Pica-pau Amarelo*, da Rede Globo, e professor do Centro de Produção da UERJ e do Senai – Artes Gráficas. Tem trabalhos publicados na Europa e vem regularmente expondo em feiras internacionais. Em 1996, suas obras foram selecionadas pela Bienal de Ilustração de Bratislava, na Eslováquia, para compor o acervo dos 50 melhores ilustradores e participar de exposição itinerante pelo Japão, sob patrocínio da Unesco.

COLEÇÃO JABUTI

4 Ases & 1 Curinga
Adeus, escola ▼◆▤☒
Adivinhador, O
Amazônia
Anjos do mar
Aprendendo a viver ◆⌘■
Aqui dentro há um longe imenso
Artista na ponte num dia de chuva e neblina, O ✻★⌖
Aventura na França
Awankana ✎☆⌖
Baleias não dizem adeus ✻📖⌖○
Bilhetinhos ✪
Blog da Marina, O ⌖✎
Boa de garfo e outros contos ◆✎⌘⌖
Bonequeiro de sucata, O
Borboletas na chuva
Botão grená, O ▼✎
Braçoabraço ▼⚐
Caderno de segredos ❑◎✎📖⌖○
Carrego no peito
Carta do pirata francês, A ✎
Casa de Hans Kunst, A
Cavaleiro das palavras, O ★
Cérbero, o navio do inferno 📖☑⌖
Charadas para qualquer Sherlock
Chico, Edu e o nono ano
Clube dos Leitores de Histórias Tristes ✎
Com o coração do outro lado do mundo ■
Conquista da vida, A
Contos caipiras
Da costa do ouro ▲⌖○
Da matéria dos sonhos 📖☑⌖
De Paris, com amor ❑◎★📖 ⌘☒⌖
De sonhar também se vive...
Debaixo da ingazeira da praça
Delicadezas do espanto ✪
Desafio nas missões
Desafios do rebelde, Os
Desprezados F. C.
Deusa da minha rua, A 📖⌖○
Devezenquandário de Leila Rosa Canguçu
Dúvidas, segredos e descobertas
É tudo mentira
Enigma dos chimpanzés, O
Enquanto meu amor não vem ●✎⌖
Escandaloso teatro das virtudes, O ✈
Espelho maldito ▼✎⌘
Estava nascendo o dia em que conheceriam o mar
Estranho doutor Pimenta, O
Face oculta, A
Fantasmas ⌖
Fantasmas da rua do Canto, Os ✎
Firme como boia ▼⌖○
Florestania ✎
Furo de reportagem ❑✪◎📖⚐⌖
Futuro feito à mão
Goleiro Leleta, O ▲
Guerra das sabidas contra os atletas vagais, A ✎
Hipergame ☙📖⌖
História de Lalo, A ⌘
Histórias do mundo que se foi ▲✎✪
Homem que não teimava, O ◎❑✪⚐○
Ilhados
Ingênuo? Nem tanto...
Jeitão da turma, O ✎○
Lelé da Cuca, detetive especial ☑✪
Lia e o sétimo ano ✎■
Liberdade virtual ✎
Lobo, lobão, lobisomem
Luana Carranca
Machado e Juca †▼●☞☑⌖
Mágica para cegos
Mariana e o lobo Mall 📖⌖
Márika e o oitavo ano ■
Marília, mar e ilha ▤✍✎
Mataram nosso zagueiro
Matéria de delicadeza ✎☞⌖
Melhores dias virão
Memórias mal-assombradas de um fantasma canhoto
Menino e o mar, O ✎
Miguel e o sexto ano ✎
Minha querida filhinha
Miopia e outros contos insólitos
Mistério de Ícaro, O ✪⚐
Mistério mora ao lado, O ▼✪
Mochila, A
Motorista que contava assustadoras histórias de amor, O ▼●▤⌖
Muito além da imaginação
Na mesma sintonia ⌖■
Na trilha do mamute ■✎☞⌖
Não se esqueçam da rosa ♠⌖
Nos passos da dança
Oh, Coração!
Passado nas mãos de Sandra, O ▼◎⌖○
Perseguição
Porta a porta ■▤❑◎✎⌘⌖
Porta do meu coração, A ◆⚐
Primavera pop! ✪📖⚐
Primeiro amor
Que tal passar um ano num país estrangeiro?
Quero ser belo ☑
Redes solidárias ◎▲❑✎⚐⌖
Reportagem mortal
Riso da morte, O
romeu@julieta.com.br ❑▤⌘⌖
Rua 46 †❑◎⌘⌖
Sabor de vitória ▤⌖○
Saci à solta
Sardenta ☞📖☑⌖
Savanas
Segredo de Estado ■☛
Sendo o que se é
Sete casos do detetive Xulé ■
Só entre nós – Abelardo e Heloísa ▤■
Só não venha de calça branca
Sofia e outros contos ☺
Sol é testemunha, O
Sorveteria, A
Surpresas da vida
Táli ☺
Tanto faz
Tenemit, a flor de lótus
Tigre na caverna, O
Triângulo de fogo
Última flor de abril, A
Um anarquista no sótão
Um balão caindo perto de nós
Um dia de matar! ●
Um e-mail em vermelho
Um sopro de esperança
Um trem para outro (?) mundo ✖
Uma janela para o crime
Uma trama perfeita
Vampíria
Vera Lúcia, verdade e luz ❑◆◎⌖
Vida no escuro, A
Viva a poesia viva ●❑◎✎📖⌖○
Viver melhor ❑◎⌖
Vô, cadê você?
Yakima, o menino-onça ♘☙○
Zero a zero

★ Prêmio Altamente Recomendável da FNLIJ
☆ Prêmio Jabuti
✻ Prêmio "João-de-Barro" (MG)
▲ Prêmio Adolfo Aizen - UBE
✍ Premiado na Bienal Nestlé de Literatura Brasileira
☛ Premiado na França e na Espanha
☺ Finalista do Prêmio Jabuti
♘ Recomendado pela FNLIJ
✖ Fundo Municipal de Educação - Petrópolis/RJ
✪ Fundação Luís Eduardo Magalhães
● CONAE-SP
⌖ Salão Capixaba-ES
▼ Secretaria Municipal de Educação (RJ)
■ Departamento de Bibliotecas Infantojuvenis da Secretaria Municipal da Cultura/SP
◆ Programa Uma Biblioteca em cada Município
❑ Programa Cantinho de Leitura (GO)
♠ Secretaria de Educação de MG/EJA - Ensino Fundamental
☞ Acervo Básico da FNLIJ
✈ Selecionado pela FNLIJ para a Feira de Bolonha
✎ Programa Nacional do Livro Didático
📖 Programa Bibliotecas Escolares (MG)
☙ Programa Nacional de Salas de Leitura
▤ Programa Cantinho de Leitura (MG)
◎ Programa de Bibliotecas das Escolas Estaduais (GO)
† Programa Biblioteca do Ensino Médio (PR)
⌘ Secretaria Municipal de Educação/SP
☒ Programa "Fome de Saber", da Faap (SP)
⚐ Secretaria de Educação e Cultura da Bahia
☒ Prefeitura de Santana do Parnaíba (SP)
○ Secretaria de Educação e Cultura de Vitória